情路诗语

合心 著

文化藝術出版社
Culture and Art Publishing House

目录

第一部分：世间最痴的情郎

剖心……3
千千结……3
白头约……4
小寄清如许……4
留驻……5
释情怀……5
爱河小榻……6
祈衷……6
思融……7
背娶愿……7
余后香……8
无憾……8
盼……9
心香……9
送别……10
洗尘……10
想你想我……11
感悟……11
爱河永浴……12

爱………………………… 12
爱人抱……………………… 13
比姻缘……………………… 13
倾心………………………… 14
祈祷………………………… 14
无眠之夜…………………… 15
心疼………………………… 15
天上仙……………………… 16
月老之笑…………………… 16
侬最美……………………… 17
笑诗………………………… 17
心决………………………… 18
情门………………………… 18
一见钟情…………………… 19
美女………………………… 19
独笑痴……………………… 20
相思………………………… 20
钗头凤·真爱隽永………… 21
长相思·相守到白头……… 21
四字令……………………… 22
夜半思念…………………… 22
种情………………………… 23
爱到极至…………………… 23
情人节……………………… 24
锁心藏玉…………………… 24
思念………………………… 25
牵挂………………………… 25
家中暖……………………… 26
相思陌陌…………………… 26
总关情……………………… 27
牵挂烙……………………… 27
等…………………………… 28
祈白头……………………… 28
不辜负……………………… 29

雨露润蕊…………………… 29
送别………………………… 30
接侬………………………… 30
祈平安……………………… 31
牵挂………………………… 31
盼归期……………………… 32
劝侬………………………… 32
万年同心…………………… 33
盼归………………………… 33
中秋月圆夜………………… 34
月圆夜……………………… 34
诉衷肠……………………… 35
百年的姻缘………………… 35
生死与共…………………… 36
忆江南……………………… 36
今生无虚度………………… 37
小别………………………… 37
鸳牵鸯……………………… 38
挚爱………………………… 38
爱…………………………… 39
相思………………………… 39
相思曲……………………… 40
送梦中人…………………… 40
雨中………………………… 41
雨中行……………………… 41
情话………………………… 42
洗尽凡尘…………………… 42
三字经……………………… 43
牵心………………………… 43
如梦………………………… 44
恩爱………………………… 44
相思语……………………… 45
冤家………………………… 45
如梦令·心梦……………… 46

相思纷飞雪…………………… 46
相思引…………………… 47
咏侬…………………… 47
美人…………………… 48
睡美人…………………… 48
盼…………………… 49
美人吟…………………… 49
云雨夜…………………… 50
思不尽…………………… 50
爱侬…………………… 51
小别吻…………………… 51
晨雨唤起万般情…………………… 52
今生爱无限…………………… 52
咫尺有情人…………………… 53
今生无悔情…………………… 53
美人吟…………………… 54
戏床…………………… 54
爱侬…………………… 55
忆相思…………………… 55
佳人赞…………………… 56
牵念…………………… 56
采桑子…………………… 57
娇侬咏…………………… 57
采桑子…………………… 58
誓…………………… 58
爱侬赞…………………… 59
五载爱记…………………… 59
纤尘未染心…………………… 60
温婉之释…………………… 60
床戏…………………… 61
天上仙…………………… 61
云雨…………………… 62
伺夫炊…………………… 62
美人吟一…………………… 63

美人吟二………………………… 63
俏舒瑶………………………… 64
雨浇晌后………………………… 64
千娇百媚………………………… 65
睡侬………………………… 65
飘仙………………………… 66

第二部分：满目梨花诗

誓言………………………… 69
夜醒………………………… 69
相思泪………………………… 70
满枕相思………………………… 70
夜半相思………………………… 71
泪吻………………………… 71
梦醒………………………… 72
伊憔悴………………………… 72
忆江南………………………… 73
相思醉………………………… 73
忆江南………………………… 74
忆江南………………………… 74
相思多………………………… 75
调济·菩萨蛮………………………… 75
相思长………………………… 76
深夜雨………………………… 76
为爱疯………………………… 77
相思苦………………………… 77
愈相思………………………… 78
诉愿………………………… 78
如梦令………………………… 79
相思………………………… 79
别………………………… 80
别思………………………… 80
夜思………………………… 81

感情…………………………81
相思雨………………………82
弯月如黛……………………82
飞天之上……………………83
连诀…………………………83
雨……………………………84
相思天涯路…………………84
相思泪………………………85
伤情…………………………85
今世亲………………………86
相思…………………………86
相思…………………………87
牵肠…………………………87
爱太深………………………88
无眠牵挂……………………88
思念…………………………89
分太久………………………89
相思枉然……………………90
牵念…………………………90
相思泪………………………91
悔错…………………………91
魂牵…………………………92
伤离别………………………92
凉思…………………………93
怨别…………………………93
情伤…………………………94
自责…………………………94
心疼…………………………95
爱亦浓………………………95
睹物思人……………………96
相思怨………………………96
伤秋…………………………97
失恋之苦……………………97
失恋之惑……………………98

绝恨…………………………98
失恋自勉……………………99
绝怨…………………………99
浅怨…………………………100
何时归………………………100
相思…………………………101
长夏…………………………101
相思…………………………102
四字令………………………102
相思一夏……………………103

第三部分：思无邪　悟道集

闲思凉亭……………………107
寄语万寿亭…………………107
多情水………………………108
荷塘湖韵……………………108
莲花池说……………………109
雨后观海……………………109
满月圆………………………110
天上景记……………………110
王屋山………………………111
情独钟………………………111
极目…………………………112
远眺…………………………112
忆江南………………………113
粤游…………………………113
琼地相思……………………114
海南思………………………114
楚地…………………………115
说楚…………………………115
武汉冬………………………116
华中科技大学………………116
伯爵园赞……………………117

依旧司马台……………………117
望江南·云南………………118
重游楚国…………………………118
楚地重游…………………………119
雨落外滩…………………………119
观江……………………………………120
途观……………………………………120
大海……………………………………121
七言·老少情………………121
木棉花祭…………………………122
相思蜈支洲……………………122
醉景……………………………………123
望月怀古…………………………123
醉景远眺…………………………124
忆江南·野望………………124
潭柘寺………………………………125
尼山书香…………………………125
身在异国…………………………126
别京城………………………………126
大东海观晨……………………127
钓鱼翁………………………………127
粤冬乡景…………………………128
粤冬乡景…………………………128
辞羊城宿惠州………………129
逸仙……………………………………129
江景一………………………………130
江景二………………………………130
江景三………………………………131
拱门大桥赞……………………131
初游惠州…………………………132
美景……………………………………132
过芒山毛公塑偈……………133
中原冬景…………………………133
海之南………………………………134

草原美……………………………134
草原月色…………………………135
草原驻雨…………………………135
舟山赞……………………………136
蒙古还……………………………136
龙井茶……………………………137
暮泊杭州…………………………137
过钱塘江…………………………138
祭苏小小…………………………138
雨后京华…………………………139
煮茶………………………………139
向往………………………………140
染墨………………………………140
茶韵………………………………141
书赠………………………………141
煮茶………………………………142
四字令……………………………142
垂钓………………………………143
宿佛心……………………………143
残书香……………………………144
伴读………………………………144
书香………………………………145
释爱………………………………145
风筝………………………………146
虔佛谣……………………………146
清梵………………………………147
求佛………………………………147
佛香燃心…………………………148
仰青果……………………………148
读书思……………………………149
书惊风……………………………149
钓鱼………………………………150
青果枝坠…………………………150
青果………………………………151

七言绝句……………………151
用心栽……………………152
偷莲……………………152
麦田……………………153
农家乐记……………………153
天地有悟……………………154
青坡……………………154
硕果……………………155
忆江南……………………155
悟……………………156
如画……………………156
沧海观感……………………157
自悟……………………157
思……………………158
弹指四十载……………………158
春雪……………………159
早寒有怀……………………159
咏春……………………160
春浅傍京郊……………………160
夜游花林……………………161
忆江南……………………161
踏莎行·春思……………………162
春早……………………162
踏青……………………163
垄上行……………………163
一春相思……………………164
初春……………………164
春……………………165
桃蕾叹怨……………………165
折柳嬉春……………………166
春雨……………………166
三一五……………………167
爱遐……………………167
春述……………………168

赏花思春……………………168
情牵三月……………………169
荡絮…………………………169
夏至…………………………170
雨润大地……………………170
蝉说…………………………171
夏牵…………………………171
六月行车……………………172
雨落大地雷惊人……………172
长夏悠悠……………………173
无题…………………………173
采夏…………………………174
雷雨夜………………………174
夏凉…………………………175
夜澜·夏浓…………………175
相思夏………………………176
月弯…………………………176
秋凉…………………………177
两地思………………………177
雨中悟语……………………178
说秋…………………………178
秋韵…………………………179
西山秋早……………………179
回悟…………………………180
中秋…………………………180
秋月圆………………………181
晚景…………………………181
秋日情………………………182
秋日情思……………………182
仲月释怀一二………………183
秋雨霏霏……………………183
十五…………………………184
仲月十五祭…………………184
秋日私语……………………185

落雪……185
秋日早晨……186
中秋快乐……186
垂白头……187
鸳鸯嘻寒冬……187
共冬风……188
西山雪早……188
京雪……189
雪上戏少年……189
正月寒天……190
一夜雪……190
傍雪遐想……191
过年……191
年关……192
喜联……192
踏青……193
细雨天……193
晨美……194
追鸳鸯……194
大雨……195
平淡心静……195
笑痴……196
痴心不改……196
观音手……197
堵车……197
愿望……198
而立之思……198
窈窕淑女……199
笑想……199
相思天涯……200
知足……200
度假……201
一袭相思……201
心锁……202

一元相思……………………202
广寒幽幽……………………203
意乱……………………203
盼红……………………204
妙……………………204
心鉴……………………205
真爱多……………………205
牵挂……………………206
四字令—假游……………………206
长恨歌……………………207
恩情……………………207
柳禅叙……………………208
说梦……………………208
无题……………………209
课堂……………………209
贺国庆……………………210
买栗……………………210
买栗……………………211
高球……………………211
打球……………………212
戏词……………………212
陪读有感……………………213
渔公渔婆……………………213
秀吃……………………214
无题……………………214
丽装行……………………215
生活小曲……………………215
京城水墨画……………………216
误读……………………216
陪床情景……………………217
秀吃……………………217
秀吃……………………218
麻辣诱惑……………………218
馋态小记……………………219

麻辣香锅……………………219
铁板烧……………………220
麻辣香……………………220
铁板烧……………………221
出恭……………………221

第四部分：爱与哀愁

落日思乡……………………225
思乡……………………225
春虫歌相思……………………226
别离……………………226
别家……………………227
扫墓归……………………227
重阳……………………228
汶川地震……………………228
感悟……………………229
游子吟……………………229
家……………………230
清明到……………………230
大爱无言……………………231
腊八……………………231
千年一爱……………………232
寞思……………………232
灰墙印……………………233
心洗……………………233
思念……………………234
细雨相思……………………234
忽惆怅……………………235
冷秋吃……………………235
思……………………236
相思涨……………………236
牵夫肠……………………237
等……………………237

释怀……………………………238
暂别……………………………238
祈佛……………………………239
小别……………………………239
相见……………………………240
秋伤……………………………240
难入眠…………………………241
采桑子· 一入情门无奈何 241
无情风…………………………242
万言难表………………………242
长夜呕心………………………243
鄂地之想………………………243
相思漫…………………………244
生怨……………………………244
七夕……………………………245
祈祷……………………………245
唯有相思和春月………………246
明月代君愁……………………246
一生爱…………………………247
年别有感………………………247
相思无穷极……………………248
大爱无言………………………248
男欢女爱………………………249
病卧秋日………………………249
病中……………………………250
美人别…………………………250
相思……………………………251
染恙……………………………251
寂寞异国夜……………………252
相思……………………………252
相思……………………………253
思春……………………………253
相思……………………………254
送夫……………………………254

梦境……………………………255

第五部分：乱红飞过秋千去

真侬……………………………259
藏头诗…………………………259
藏头诗…………………………260
藏头藏尾诗……………………260
八相思…………………………261
槐花问…………………………262
藏头藏肚诗……………………263
藏名诀…………………………263
藏名诀…………………………264
祭屈原…………………………264
藏头诗…………………………265
三字歌…………………………265
叮嘱……………………………266
生辰赞…………………………266
讽语藏…………………………267
生日赞…………………………267
康佑祁公………………………268
春节祝福………………………268
新年祝福………………………269
感恩……………………………269
年始……………………………270
年初……………………………270
花怒狂夫………………………271
生日赞…………………………271
永远的亲………………………272

后记……………………………273

第一部分

世上最痴的情郎

剖心

人生如戏泪如水
情到深处爱方真
可怜世人不知惜
唯我铭心对痴人

千千结

不是夜长人不眠
只为长夜不眠人
心有为爱千千结
为爱有心结千千

白头约

神仙情侣谁人见
只等合心和洗凡
莫若签下白头约
琴瑟恩爱到百年

小寄清如许

千万独秀清如许
缘是菩萨莲渡萋
爱到爱时方恨少
恨不忍心剖心迹
本是千岁缘分定
只是相识已相知
不怨万年人陌路
更惜岁后两相依

留驻

年年是今夜
恩爱织心血
岁岁有昨夕
情思缠绵结

释情怀

万念归一无迁约
本心自然释情怀
偶得心仪小女子
惹的吾心绵绵爱

爱河小榻

笑梦午醒意未尽
却是小榻几巅光
爱河驻心千千岁
再拥馨夜枕留香

祈衷

小榻黎明亮暖灯
夜深不眠总关情
不尽相思绵绵袭
佛前再礼鸳鸯衷

思融

相思融夏蒸
真爱就痴情
小榻才奉春
魂已去相拥

背娶愿

一叶知秋增相思
高山流水傍风倚
只盼挚爱穿红妆
我秉花烛亲背娶

余后香

夜夜相思夜夜长
相思如醇百味酿
细品相思常醉爱
相思辛甘余后香

无憾

浮生若梦而立年
清墨韵香识洗凡
从此尝嚼最醉爱
细品今生再无憾

盼

往楼上下翘首盼
一腔相思入梦圆
空等爱人踏闺阁
自此执手共翩跹

心香

冬夜风寒又无眠
撩帘相思夜阑珊
又见青山把月隐
一柱心香佛前燃

送别

刚昵爱人手
悲伤雾般稠
不见送人影
相思又浸透

洗尘

倾其心志为爱真
难得一悟有情人
而立之年知天命
携手恩爱洗凡尘

想你想我

合心书斋入斜阳
陡增相思洗梵恍
粉天桃媚知国色
气有兰馥犹天香
舒枝挺秀姿娴雅
碧叶凝垂态端庄
爱伊自爱不俗韵
想你想我谱诗章

感悟

回味凄凄的心路，
感悟情感里程的喧嚣。
也曾数度莽撞疲惫的寻找，
因为相识了你，
才懂魂牵梦绕。
多少个无眠通宵，
多少次的相思，
凝望你的眼眸，
爱升华了心灵，
想凝聚了思绪.
因为懂你，我才懂自己，
因为爱你，我会爱自己。

爱河永浴

面眉清眸丽，
和你相知茶房里。
冰肌玉骨，盈盈双靥，
衣着休闲，玉指奏梵，
歌甜赛仙，沁我心扉，
已迷乱我修炼，
秀花透香，嗅不够，人陶醉。
名取洗尽凡尘，
遇合心陡添情悸，
暗喜相遇，一见钟情，
意乱情迷。彼此恋恋，
如胶似漆，难舍难离！
已盟誓，定情爱犹过梁祝，
爱河永浴。

爱

月过子夜，
万籁俱寂，
偶传的车笛声，
淹没秋蝉知了的哀肠。
又是一夜无眠，
期候黎明的光亮，
静生佛前，
燃点我挚爱的心香。
独静，相思，回味，
相爱的来来往往，恩恩爱爱，
每一牵情，每一幸福，
每一牵挂，每一爱恋，
炽热的涌动，伴随淡然的心灵。
我爱你，爱你的爱。
我想你，想你的想。

爱人抱

年少不知病重倒
窃笑他恙吟困扰
适才一卧两三日
方悟最美爱人抱

比姻缘

浓浓风清两翩翩
星星眨眨欲爱言
曾经多少风华刻
真意悠悠今更甜
幸我心有情结结
敢与古人比姻缘

倾心

小别才一天
想念犹数年
真爱若覆水
倾心不复还

祈祷

爱人怀骨过珠江
夫君相思欲断肠
但祈佛佑侬康健
再拥娇侬爱路长

无眠之夜

夜半梦醒不见闺
不知爱侬几时回
唯凝香枕当千娇
可知梦惊为百媚

心疼

掐指数日盼侬拥
几日不见已消慵
明天不见就生病
看你心疼不心疼

天上仙

明眸皓齿秀丝垂
浅笑若嗔纤指慧
活脱一袭天上仙
落入我家气死谁

月老之笑

清风明月万里穹
绵绵思念若繁星
漠漠倾凝那一颗
月老笑我太痴情

侬最美

面若桃靥眉羞月
百媚千娇胜轻雪
双眸些柔凝香汗
一袭圣仙落凡梵

笑诗

清秋夜凝霜
恩爱在花床
娇喘云雨后
柔情落满窗
意犹还未尽
拥抱到天亮
晨曦透丝帘
睡吻侬脸庞
可怜阳中物
又值一夜岗
莽撞扯香衬
陶醉到天亮

心决

爱侬意幽怨
空惹老公怜
心决永相拥
此生到永远

情门

只见浮云自在去
清风不觉拂心绪
早秋无奈末夏炎
境丽万千不入眼
谁懂情深相思苦
一入此门难再出
世间最难是情怨
肝肠寸断也黯然

一见钟情

未曾相见已相识
相识相依又相知
世间难得此一对
偶尔猜疑爱太痴

美女

乐海有美女
捧书待闺中
抚琴遇知音
闲来乱撩筝
一朝做女人
再难学女红
掐指数日月
憔悴不相逢
相思乱心志
唤夫呼错名
只求心上人
怏怏傍怨卿

独笑痴

风起云涌曾几时
闲适冷暖几人知
孤芳自赏蜂争嫣
蔽落灰尘独笑痴

相思

春浅不关斓珊灯
诗书难进总伤情
又要孤枕对长夜
何日挑你花烛红

钗头凤·真爱隽永

纤纤手，枣红酒。
双双交杯爱意留。
情切切，爱多多，
一杯下肚，真是快活，
乐乐乐！
依依旧，又见昨，
酒到酣处脸红透。
想昨夜，好执着，
真爱隽永，终身相托，
呵呵呵！

长相思·相守到白头

去年秋，
今年秋，
相识相爱真情留，
情浓更添愁。
离泪流，
聚泪流，
只恨两情不合首，
相守到白头。
长相思

四字令

睡觉很香
梦境是你
比翼双飞
不愿醒来
久久忆梦
幸福荡漾
佛前焚香
再诉心肠
观音笑呵
倾听我祈
千年一爱
情深意长
愿倾我心
真爱留香

夜半思念

半夜不困半夜懵
思念驰长又郁葱
已经习惯常厮守
偶有小别会发疯

种情

相思一腔种字上
思念熔的铁当阳
真情苦楚拔施草
爱浓空心犹不亡

爱到极至

爱到极至相思浓
茫然若失悟心境
对面相视犹觉想
一揽入怀恐梦醒

情人节

情人节日会情人
玫瑰朵朵寓意深
对面相视还相思
天下论情我最真

锁心藏玉

虽过而立不自矜
幸识洗凡知情真
将侬堪若阳翡透
一揽入怀永锁心

思念

相思满腔托飞雁
翱翔北上莫贪玩
北国娇侬为情恙
唯用我心作药暖

牵挂

学堂实在冷
洋文太难懂
牵挂家中侬
却来电话声

家中暖

暖阳和风枯枝颤
一抹透荫泛冰寒
又闻南方亦雪雨
爱侬早归恋人盼

相思陌陌

静夜无风寒自冷
相思陌陌浓成冰
又是不眠地冻夜
怕了刚寐天又明

总关情

迷迷糊糊一夜梦
天南海北总关情
夜里几次忽然醒
原是耳边不见侬

牵挂烙

相思如风随之去
止留牵挂烙心底
爱人可懂我挚爱
按时吃饭多穿衣

等

次次窗外眺风鸾
位置空空心黯然
难道车龙碍途中
真想楼下搂一程

祈白头

岁首开元一年头
天寒地冻北风吼
昨夜曾许娶侬愿
今宵又跪祈白头

不辜负

相爱不易牵念苦
痴心烫烫沸血煮
前世一滴相思泪
流落今生不辜负

雨露润蕊

一夜缠绵不忍分
相亲相爱挚情真
雨露润蕊花颤香
意犹未尽又用强

送别

晨起送爱侬
不舍小别离
两步一回首
红泪盈双眸
捻空心随去
无助睹空席
想我心上人
快归共起居

接侬

喜气洋洋接爱侬
兴高采烈唱乡曲
一路欢歌犹觉缓
迫不及待马蹄疾

祈平安

巾帼红粉上高原
魂追魄随已六天
相思呕心牵纤弱
昼夜心香祈康还

牵挂

又逢七月七夕天
未夜思浓心怅然
挚痴爱人客雪域
屈指十天比千年

盼归期

瑶池渡浅秋
荷摇荡清愁
风来珠泪落
雨后最幽柔
想我心上人
此刻西域留
水中倒孤影
相思溢满楼
凄然七月天
相思念洗凡
又忆昨夜梦
都是想侬还

劝侬

爱侬心别烦
功课成自然
万事有坎坷
心到化艰难
天道酬勤路
再渡我洗梵
人生有美景
你我携手看

万年同心

相聚不团圆
爱人在边关
举孝绕高堂
缺汝事难全
焚香燃心绪
情路有辛酸
阖家幸福祈
同心一万年

盼归

遥知侬康今夜归
心花怒放神采飞
茶饭不思已数日
盼若星月心向随

中秋月圆夜

中华明月农八天
秋高气爽品饼甜
快步和谐华千岁
乐章沐梵唱团圆
又忆昨夜软语香
温柔乡里云雨狂
娇媚呢喃几度醉
晨梦刚醒又用强

月圆夜

中秋月不开
只为伊人来
明夜玄满月
再拥美人怀

诉衷肠

叶落沙起遍地黄
枫红香山漫天凉
最是秋浓人愁季
唯向爱人诉衷肠

百年的姻缘

我是佛前的一朵莲
听佛颂经八百年
阿弥陀佛数万遍
你是众生跪佛前
不经意看见你的容颜
我不耐寂寞逃人间
来赴我百年的姻缘
不小心爱上这有你的尘凡
爱红尘不愿再回西天
不后悔转世和你相见
有了你什么都淡然
只求能时刻对望你的脸

生死与共

夜入静
相思浓
想爱人憔悴
辗转不入梦
记得初识衷情
如胶似漆
日日情增
天天都想
思念溢涌
但求人共老
生死与共

忆江南

伊人瘦
又到春绿透
那年折枝编花冠
今晨携侬踏青边
相思把肠穿

今生无虚度

晨醒阴雨天
细雨心缠
一揽娇媚闻发香
酣醉俏睡睫惹痒
我的小凡
相知已两年
一展美关
留些情意舒春纤
只求今生无虚度
不留遗憾

小别

天涯尽头椰林香
山海一色暖春光
南国正月小别侬
放眼相思遍地涨

鸳牵鸯

云卷云舒仰水躺
月隐星稀思断肠
正月本是团圆日
天南地北鸳牵鸯

挚爱

遍地相思憔对春
夜夜不寝欲丢魂
多少相思织成锦
不辜倾心爱愈深

爱

伊消瘦锁愁
几语惹泪流
不寝伏枕嘤
君涩梳侬头
满腔愧疚涌
犹撑反复侯
搂紧怕滑落
爱浓把香嗅

相思

字字相思语
句句缠绵情
写尽红豆诗
难抒我心衷

相思曲

京华不觉三月俏
二八乱穿薄衣早
最是嫩芽相思日
春风乱吻青丝飘

送梦中人

春浓飘香花姿样
柳摆拂水涟漪妆
那年移赏荷池边
爱人青丝绕柔庞

雨中

还是那年夏雨凉
淅淅沥沥路灯映
伞下疾步妙龄女
惹我又把爱侬想

雨中行

雨中有女行路忙
是否匆匆被情伤
常绱爱人多贤慧
无人比我家花香

情话

相思重重相思浓
夏花艳艳夏花丛
多少恩爱沐风雨
谁敢比我最多情

洗尽凡尘

陈家有女四八龄
眉清目秀待闺中
知书达礼音韵通
常相思君起五更
精文泼墨弄花红
德智体能有潜风
数家教养山东出
神医妹美名禅风
秀优异国显真功
洗尽凡尘心灵托
巧遇痴人中原龙
想见恨晚身终定
云雨和谐嘤幸福
三载有半无言争
开创伟业杭州城
度之以数温万庭

三字经

陈家女 四八龄
眉清秀 待闺中
知书礼 音韵通
常相思 起五更
精文墨 弄花红

牵心

又到浅秋天更炎
相思弹指三两天
牵念煎心悚侬嗔
我情堪胜蒸爱恋

如梦

晨早匆匆浅秋凉
临行醉嗅侬梦香
呓语懒懒懿娇姿
一路朦胧犹在床

恩爱

昨夜相思长
依偎好时光
美妙浸心醉
不愿入梦乡
轻拂青丝柔
吐气迷兰香
尔本真女人
惹我痴爱狂
云雨未知足
汗珠湿罗床
千娇弥百媚
无意再用强

相思语

浅秋花露浓
夜深落叶轻
忽起相思语
树动酿作影

冤家

寞秋叶零乱
相思扯不断
小别人娇嗔
恐慌心出汗
原本小冤家
何必出怪言
真爱也坎坷
一笑更坦然

如梦令·心梦

昨夜寒风狂乱
魂牵 魂牵
又惹相思翩迁
凝倾柔意无限
晨籁人倦时
却把心梦吻遍

相思纷飞雪

相思纷飞皑皑染
雪落绒绒舞华年
天地一色堪君心
万物梦里等情缘

相思引

相见掐指数
半秒都觉多
万物化一人
相思似娇侬

咏侬

明眸皓齿秀发垂
婀娜多姿神采飞
千娇百媚多才艺
万般清韵我来追

美人

眉清目秀神彩扬
皓齿如玉红唇镶
鼻秀耳盈透灵气
秀发丝丝绕体香

睡美人

一袭睡莲榻上柔
笑态浅浅凝双眸
秀臂如玉俏当枕
十指齐齐被外留

盼

伊人在归途
情急翻倒书
聆听脚声错
门响心跳出

美人吟

仙子依臂睡梦甜
俏眉微笑挑月弯
樱唇懒翘露贝齿
青丝透香枕上缠

云雨夜

昨夜梅开二度春
风雨香闺浇蕊润
青丝迷离乱粉面
花美无眠吻红唇

思不尽

吻别天已晌
行匆未施妆
相思意犹现
未尽青丝香
小别掐秒数
心醉在时光
多少真情语
缠呓伊耳旁

爱侬

知道侬睡晚
醒后和君言
甚多贴心语
急着把话转

小别吻

醉吻伊人朦胧脸
透帘艳阳过三竿
不舍小别凝爱意
睡态可可一路牵

晨雨唤起万般情

一夜清风爽
晨雨唤乏床
噼啪敲恍梦
相思透纱窗
辗转复反侧
拥枕寻发香
犹觉伊入怀
跨下神物钢

今生爱无限

可人对面笑
俏眉含情挑
麻辣一大碗
老公做醮料
宵夜人成双
真心有多少
咀嚼秀吃相
潋凝心中宝
此生再无憾
呵爱到皓老

咫尺有情人

云深不知夏
天地浓雾洒
海市蜃楼现
犹绽美人花
痴心思明眸
到晚不归家
可叹有情人
咫尺在天涯

今生无悔情

楼高重月隐
风徐蝉惊林
花幽径曲折
迷途好伤神
不眠饮心事
杯茶照单人
不敢言相思
浅想已丢魂
轻叹一腔爱
多少痴情文
今生有心牵
无悔来凡尘

美人吟

幽幽善眯明眸流
静静恬淡若禅修
素决洁洁掩香肤
青丝落落缠指柔

戏床

昨夜多缠绵
香榻飞轻燕
轻嘤已醉人
娇呼方寸乱
雏凤溢红蕊
姊凰龙上唤
月光照丽人
灯下秀妆残
意犹未尽兴
始把伊人怜
微笑不忍睡
酣梦雷雨闪
白天才女人
胆破腋下钻
醒来三竿日
胯下一擎天
翻云又覆雨
潮涨又飘仙

爱侬

美眸笑意透
雪衣折白袖
皓齿轻啄香
红唇染馋油
灯下耳坠摇
青丝脑后揉
蛮腰缠窄带
裤黄九分留
布履关不住
裸足却不丑
吃态实可爱
真想咬一口

忆相思

锦鲤戏秋实
荷下三两只
池静若镜面
硕果照水湿
雀跃啄枝头
斗嘴为红柿
还是那年景
满目皆相思

佳人赞

有伶多艺才
频笑晕红腮
琴棋有造诣
书画若心怀
轻语如莺唱
浅笑媚善睐
青丝缠指柔
倾慕已数载
本是天上仙
大意入凡胎
此生已无憾
快意揽入怀

牵念

闻鸡练书朗
兴起读华章
忽然思老友
运行可安康
小别才三日
岁高犹牵肠
南国虽天暖
晨晚添衣裳
早睡戎劳累
应酬忌繁忙
年龄不饶人
适度莫贪凉

采桑子

半夜未眠试新衣
貌美勾月
风流不觉
满城飞沙扬残眉
半晌不见伊音讯
几许思恋
小别生怨
原恐身薄不耐寒

娇侬咏

天生凤眸微微笑
红唇贝齿嗔樱桃
粉里透红白玉肤
额满显贵青丝绕

采桑子

才却小别轻问侬
夜色阑珊
携手戏苑
又惹相思牵念添
此时相隔几丈远
倾话呢喃
皮影上演
片刻拥尔怀里看

誓

才见伊人渐憔悴
多少愧疚梦中泪
相识相爱恨见晚
誓铸铁肩担大为

爱依赞

婀娜细身裹衣轻
面若桃花笑春风
蛮腰素束漾万态
活脱仙子荡九重

五载爱记

春夜风凉洗圆月
掐指方识此时节
相亲相恋又相思
爱树五载又繁叶

残花犹艳是真香
败柳垂摇待春长
何况伊本蕊初绽
任君东西上下狂

纤尘未染心

虚度四十春
始知唯爱真
莘识潍城女
纤尘未染心
放眼旧事砚
浓情也臻臻
怨咽花样人
怎堪我茗琛

温婉之释

晨醒看留言
知侬未入眠
西湖才携手
弹指三两天
我心更思侬
愈夜愈情牵
伊人渐憔瘦
每每入眼帘
天下留温婉
幸我得惠贤
呵护如明珠
手捧用唇含

床戏

榻上软玉柔
娇呼渐竭吼
覆云又蹈海
哽咽香泪流
驻撵轻声问
不语身颤抖
挺龙在用强
难持嘤哀求
汗痕粘缎腹
未尽且意犹
火山喷岩浆
巅峰融灵肉
撩衣吻红豆
不顾才人羞
眼困醉迷离
青丝乱了头

天上仙

青丝挽入簪
秀眉细弯弯
明眸若秋水
红唇荡笑嫣
长睫镶善睐
贝齿嘤语含
移步香四溢
吐气息如兰
肌肤羞白脂
俏身轻飞燕
尔本天上仙
何时偷下凡

云雨

昨夜春疯狂
榻晃扰邻坊
花开几度残
云雨湿枕上

伺夫炊

相思若春水
静映柳芽垂
风来微波荡
雨后落心扉
对面犹牵挂
小别伤离神
常有拌嘴语
为爱偶憔悴
柴米油盐茶
甘心系围裙
本是天上女
挽髻伺夫炊

美人吟一

素衣裹婀娜
善眯明眸暇
眉弯青丝柔
红唇笑贝牙
仪态盈碎步
吐语兰香葩
俏鼻尖尖挺
千年开一花

美人吟二

轻纱做衣袂
白洁若洗雪
红指染金莲
半尺高跟靴
盈口笑贝齿
善眯俏弯月
十指比桃甲
青丝缠成桷

俏舒瑶

忽如一袭清风飘
千枝万叶颤娇娆
短裙半袖煮浅夏
马尾青丝俏舒瑶

雨浇晌后

雨落霏霏浇春愁
乌云漫漫舞墨袖
晌过变天黄昏早
涌惹相思无理由

千娇百媚

胎须贴玉额
笑眉画明眸
歪戴鸭舌帽
珠晶坠耳朵

睡依

仙子枕月眠
吐气香若兰
不见青丝柔
此乃天上仙

飘仙

轻若彩蝶舞灿夏
眉开笑颜吐兰花
禅衣飘飘香风袭
天上落落乱长发

第二部分

满目梨花诗

誓言

千年之后化为灰
何谈苦乐六道回
前因后果此一生
莫若静心把你陪

夜醒

常在夜半醒
细品总关情
相思关不住
任它爱路行

相思泪

不眠想红颜
等你眼欲穿
凄然相思泪
缘定前世欠

满枕相思

一觉醒来嫌梦短
几日竟是一样天
细嚼诗词历历品
知君九曲肠已断
且将满枕相思泪
洒向诗篇寄洗凡

夜半相思

夜半相思从梦泣
又是一度辗转起
轻唤爱昵抚香枕
惹来千宠送娇侬

泪吻

无语泪吻容
只为相思痛
晨晓才望别
真爱释无情

梦醒

梦里思洗凡
醒来泪潸潸
连雨七八日
何时成家欢

伊憔悴

谁言相思苦
我曰相思魁
真爱难形容
日见伊憔悴

忆江南

寅半醒
情真不敢梦
爱到深处爱摄魂
情不自尽情自然
都是爱小凡

相思醉

爱意浓
睡意轻
昨夜几度又春风
相爱真
相思醉
今世恩爱愿千岁

忆江南

想小凡
思念密密涌
浮到白头天地尽
相识相知情思真
恩爱话凡心

忆江南

想 想 想
相思欲断肠
再跪佛前祈相守
凡夫呕心术鸳鸯
静静泪流淌

相思多

睡眸又看春草
朦胧都是小可
偏偏涨满相思多
静心再远眺
犹见柳婆娑

调济·菩萨蛮

光洒净化晨霜翡
西山万千枯枝悴
浣撵抬爱恋
风利割不断
不攀相思泪
只祈爱人归
天地此一爱
千年痴痴待

相思长

徐来的晨风是我的静候，
吹来一袭，
汗的芳香。
我喜欢，
情痴听香一夜中长，
心香昏书房。
一夜相思长，
天人合一。
物我两忘。
不觉又东方鱼白，
灿烂阳光，
唯爱既往，
轻软叙愿。
爱人吉祥。

深夜雨

窗外夜深雨点点
孤影风轻惹响帘
辗转再涌爱人眸
相思入泪不入眠

为爱疯

醒非醒来梦非梦
一夜不寐亦周公
南柯浮游梦黄粱
痴人早晚为爱疯

相思苦

一腔相思苦
酸堵爱语言
两天没相拥
娇侬泪洗面

愈相思

两情真爱时
愈夜愈相思
串串连珠泪
不觉已然泣

诉愿

又是岁末元旦前
华灯璀璨贺新年
佛问明年祈何愿
跪拜唯求娶洗凡

如梦令

还是把香枕拥
盼却与爱共梦
梦里听琴声
纤纤手筝丝弄
不睡　不睡
犹恐夜长梦惊

相思

星河斑斓缀凉雾
黯然无助伤怡容
佛前淡淡诉相思
早随心愿郎见侬

别

离时凄凄别依依
情思沉沉想归期
苦别康桥草漫漫
两颗真心永不离

别思

又是离别心怅然
思绪漠漠弥思念
留却无奈几回首
携半痴心对蓝天

夜思

夜深雾浓锁千穹
孤寂夜里相思重
梦境有离泪湿枕
怅惚清晨是深更

感情

夜夜憔悴夜夜想
一腔相思欲断肠
离时才知聚时短
再也不把娇侬伤

相思雨

一地相思雨
漫天有情云
丝丝秋意凉
方觉爱人裳

弯月如黛

弯月如黛仲秋渐
飞抵故土欲团圆
老友不觉游子思
扰我诉倾相思言

飞天之上

凄凄又度万重云
恋恋难舍爱真心
一腔相思无言表
惟有静泪没云深

连诀

人言相思苦
相思苦哀怀
旁观都说道
道却被他笑

雨

一夜相思雨
两个痴心人
刚刚听情述
凭空摄吾魂

相思天涯路

窗外冰挂朦胧素，
晨曦化冬露。
忽听行人熙嚷嚷，
放眼南方万里鸳牵鸯。
一腔相思何处储，
唯寄天涯路。
倩影浮，
恩爱如水，
那一刻才见
你的美眸。

相思泪

孤寂消磨，
欲忘欲清晰。
似是如约牵断肠，
相思疯涨。
谁解小别涩？
惟有梦泣神伤恍。

伤情

茫然若失等侬声
心灰意冷对朋友
万念俱灰把伊伤
肝肠寸断为真情

今世亲

我用一腔心
倾情对尔真
不祈来生缘
但求今世亲

相思

一别南北为事烦
侬留苏杭君奉天
盛京雨落涌相思
又添哀怨一点点

相思

一念到清国
绿树齐如戈
逢雨疾千军
云重江山托
想我心上人
可知我心梭
小别已四天
难熬相思多

牵肠

雾霭仲月漫地凉
夏尽秋浓浸晨霜
相思绵绵一天雨
入夜不止最愁肠

爱太深

秋凉萧萧一场惊
自信不足总关情
虽无伤雅一笑过
想想莽睹心觉疼

无眠牵挂

昨夜一场雨
今晨满地凉
乱叶悠悠落
方识秋风殇
爱在两心牵
无讯惹侬慌
天明不入眠
我誓不夜郎

思念

相思炎炎不等晚
牵肠浓浓现哀怨
匆匆小别已几时
每每闪念思容颜

分太久

思念惹泪凄
相思虽苦情更深
明知无奈数归期
其实好委屈

相思枉然

昨夜寒
天亮未眠
情牵两地
唯思小凡
却徒涌
相思万千
怀中空空也枉然

牵念

人生几何聚无常
相思无度总牵肠
多少无奈难如意
小别些日心凄凉

相思泪

戏词夜未快
今方觉惆怅
睡中怀空空
醒却泪已凉
春浅不觉时
无语辗思想
风轻声透帘
错当爱人芳

悔错

无心惹的红颜怒
孤枕难眠悔当初
晨晓相思不敢语
唯誓言行用情赎

魂牵

相思捂不住
黯然已消沉
几年读情痴
每每都丢魂

伤离别

劳燕飞南国
一日犹蹉跎
无心赏花红
呆凝相思果

凉思

昨夜莺言如梦吻
晨读留语泪湿唇
黯然桂花雨中落
相思绵绵绕残魂

怨别

三月阳春寒
最是相思天
午前才下别
傍晚已生怨

情伤

吻别唇留香
细品神彩杨
渐远渐相思
黯然牵情伤

自责

半睡半醒半梦游
缘起信言侬堪忧
太多无奈催红颜
妄作男儿五尺羞

心疼

周末怨千般
伊人夜不眠
到晨恍如梦
幽泪把枕沾

爱亦浓

夏至青青花烂漫
伊人可可送君晚
一路欢歌唱相思
不忍小别泪已沾

睹物思人

夏华风飘昨夜香
青丝柔柔倚枕上
黯然相思对长夜
唯有销魂抚伊裳

相思怨

醉酒吐真言
昨夜把伊唤
相思若太久
小别也生怨
榻上空空也
梦里回枕边

伤秋

浅秋虽硕犹伤情
时光不觉渐入冬
分多聚少心惭愧
花烛何时夜夜红

失恋之苦

千丝万缕扯不断
点点滴滴殇不堪
有怨有悔犹抑郁
心苦无奈思淬酸

失恋之惑

瞪目无睡意
闭眼忽又起
碾碎相思泪
影容挥不去

绝恨

曾经真情付流水
再不相思剩遗醉
世上本无爱之释
自作自受何言悔

失恋自勉

男儿当自强
何必为爱伤
风流识笑谈
无情最倜傥

绝怨

善变绝情女人心
窥捕难似海底针
本无梁祝演书事
都是痴人幻撰箴

浅怨

轻嗔弯眉香息叹
红唇浅怨贝齿含
闲来掐指揪心事
玉镯轻撸墨柔染

何时归

郁郁牵思实纷烦
偶偶掐指数夜半
莫名其妙生醋意
一点嫉妒九分念

相思

谁比相思堪真重
化作轻风拂皇城
此夏彼时曾漫步
一朝倾心唯卿容

长夏

凉风习习夜月染
树影婆娑印窗帘
窃窃私语话相思
长夏悠悠不忍眠

相思

夏夜炎炎侬单影
千思万想难入眠
小别就在黄昏后
犹觉分离好几天

四字令

梦里走散
又哭又喊
翻山越岭
飞着寻遍
双臂振翅
半空俯瞰
不见爱人
心灰坠残

相思一夏

相思昨夜风
清凉满京城
天亮不肯歇
徐来隐隐疼

第三部分

思无邪　悟道集

闲思凉亭

独立画亭听水声
悄濡池中消无影
清韵几许片片竹
阵阵欢鹊啾流莺
拦腰嗅黛是昨夜
笑话青果当风铃
犹见那晚两猫咪
清凉夏风羡我情
芳草花径几徘徊
陡增阵阵相思风

寄语万寿亭

万寿华府，庭亭溪塘，小桥流水，竹碑泉淌……
五亩之地，已尽收人间美境。
每日登此一游，竟有不同心境，
真乃愉悦心情，净化心灵，百看不得其厌。
今写诗小记：
高山戏流水
小桥盈碧波
双龙舞玉璧
假山竹婆娑
古碑坐钓台
石阶坠青果
百寿弄千姿
猫儿逗青泥
枝头双双燕
流水洗清梵
丙戌六月十八日
于万寿亭高山流水

多情水

曲径通幽没石峰
三两江鲤嬉竹径
跃过丝丝多情水
戏台如故觅倩影

荷塘湖韵

青荷悠悠识韵律
风来徐徐水当曲
柳垂碧波抚古筝
湖幻宫商角徵羽

莲花池说

瑶池连天碧
荷叶漫连天
蜻蜓才点水
露珠叶儿颤
翅展鸳鸯惊
蛙跳当秋千
淘气几游人
撩鱼水中穿
几许尖尖角
莲子果儿满
飘渺花仙子
何时变西梵
天堂亦如此
莫若爱人间

雨后观海

雨歇流浊染碧海
风狂拍岸卷浪疾
万里山河穷极目
乱云茫茫天际移
秋浓气凉傍雾稠
相思浸心愈难修
偶见叶落风中荡
潇潇落寞情更犹

满月圆

又是一岁满月圆
频举相思难入眠
寒宫可有如我爱
真情无言最缠绵

天上景记

一

蒙蒙千重雾
漠漠万里雪
穷目极苍穹
缘起相思情

二

蒙蒙千重雾和风
漠漠万里雪相涌
穷目极苍穹飞雁
缘起相思情意通

王屋山

才识王屋面
又见四渎源
万高王帝宫
龙象扑眼前

情独钟

我秉红烛伊抚筝
爱茶嗜书共听风
洗笔砚墨厮鬓吟
凡人羡我情独钟

极目

霞光万泻顷京华
绿水青翠掩农家
徐风吹过弄情思
极目远处一地夏

远眺

极目远山霞光染
风和弄夏思玉颜
朝升暮落恒千古
何不相爱一万年

忆江南

好风光
块块麦穗黄
无风荡起千层浪
幸福如波漾相思
爱侬也疯长

粤游

岭南冬至不见冬
榕上细蔓爬青藤
谁家多情观光客
红豆树上系红绳

琼地相思

碧草茵茵不觉冬
海绿微波迎椰风
每每挥姿寻依影
又把她笑当你声

海南思

琼海之南思悠悠
不牵京华挂杭州
从此无眠三杆起
一腔情浓打高球

楚地

楚天舒中极目秋
襄阳樊城夜宴舟
古城汉江泛往事
相思涌起灯火稠

说楚

荆楚几千年
大河竟船帆
古人难涉江
而今一桥连
曾为化蝶地
惹我想玉颜
求道望武当
几如难入禅
屈子问天兮
汨罗沉屈原
圣人随风去
最难悟今天

武汉冬

雪中不觉寒
江城腊月天
万籁素中青
些冷隆江南

华中科技大学

数九天寒腊月天
雪后皑皑美校园
江南大雪久不遇
只盼与爱闹雪玩

伯爵园赞

最美挥杆伯爵园
京华独帜真自然
深潭流水绕枞树
鸣蝉鸟啾花溪边

依旧司马台

又踏长城司马台
青山极目京华矮
世外桃源品珍肴
峡谷幽幽赏生态

望江南·云南

彩云南
鸥舞滇水边
西山险雾绕曦照
翠涤浅冬染谐园
不知在凡间
美江山
曾几人指点
家国为重耕阡陌
沧桑褪尽不浮华
老夫笑天下

重游楚国

那年东湖大雪边
纷纷扬扬思洗凡
而今楚冬绿竟意
相思堪过江水滥

楚地重游

心花怒放过长江
楚地腊月弥冬凉
止因小别多相思
青叶落雪暖肝肠

雨落外滩

烟雨朦朦落外滩
黄浦江上忙流船
两岸伞下急行客
三两灯火夜前燃

观江

神随江帆流
心牵相思走
蓦然驻目寻
雨淹万千楼

途观

一路美景无心赏
山海无形变娇娘
风梳青丝披绿被
云做彩袖花缀裳

大海

碧波万里抢拍岸
水天一色云中山
最美不过心向水
小帆悠悠行大船

七言·老少情

惊涛拍案卷沙涌
浪中小船摇摆行
滩上赤脚送饭人
一老一小吼叮咛

木棉花祭

风摇木棉坠青坡
最凄蕾艳成朵落
又逢春始葬红泪
先蕊人间已胜却

相思蜈支洲

相思悠悠无岁月
分分秒秒呕心血
常想那年岛上游
生日欢歌共赏月

醉景

海天一碧彩云染
相思无涯心渡帆
礁下水清群鱼嬉
浅底如镜照影单

望月怀古

游子岛上赏月圆
灯花人拥照影单
本是同宗一轮月
两地相思又难眠

醉景远眺

台北月色美
草山高处醉
远眺涌灯火
月圆婆娑垂

忆江南·野望

宜兰幽
农舍筑田间
绿翠盈水雪山绕
云台落霞到海湾
咫尺却天边

潭柘寺

秋高气爽白云飘
风吹果红树梢摇
阳光明媚洒金线
潭柘顶眺众山小

尼山书香

中年又捡四书香
壮岁穷经到夜阑
几愁未眠到昼午
见囿窥管思容颜
同扬洙泗一抹薪
讽颂真如赋雅言
幸得伊人赏片羽
一朝挂仗伴尼山

身在异国

朝阳照碧沙
涟漪映荣华
晨露画蕉叶
铁树开红花
香墅静谧卧
犹觉是农家
门前草青青
果熟坠弯架
行人对眸笑
友善唐人褂
此时在异国
对钟把指掐

别京城

昨夜京华冷
今觉桂林热
又到海之南
一国两世界

大东海观晨

碧波渐退青山下
半滩礁石一岸沙
水中泳者谁来早
小舟静摇无渔家

钓鱼翁

舟悠不见风
投饵大海中
才喜钩锦鲤
晕浪钓鱼翁

粤冬乡景

洋墅林立棕榈下
青堤依稀藏老屋
阡田陌上泥牛背
岭南正月粳米熟

粤冬乡景

珠江朦胧水方醒
雾里袅袅山影重
青叶绿樵映苍翠
溪上鸭闲啄花红

辞羊城宿惠州

半晌挥杆半晌闲
一省三地实贪玩
朝辞羊城中山酒
夜宿惠州赏青莲

逸仙

才别逸仙居
小憩赴鹅城
流连岭南春
最恋花芙蓉

江景一

伶仃洋边橡洲湾
碧波极顷靠大船
一岸三地尽眼底
雾里海天隐千帆

江景二

浊浪飞花涌堤溅
海天一色无浅滩
湾仔过去横琴岛
博彩王国首眼帘

江景三

灯火阑珊橡洲湾
流光溢彩醉花船
连天碧波映繁星
仙境移降到凡间

拱门大桥赞

拱门大桥美
如勾月牙垂
一架连两地
愈夜愈娇媚

初游惠州

一湖托两江
鹅城桂花香
青翠弥正月
池清不冬凉
方觉岭南美
再不羡苏杭

美景

东江会西子
一水泽两地
五湖清水荡
春绿暖四季

过芒山毛公塑偈

芒山依旧立伟人
傲视九曲黄河神
也曾挥笔藐秦唐
而今犹作中华魂

中原冬景

高铁疾驰撇古道
葱葱列队是青苗
风来老树摇枯枝
舍前鸡啄家狗跑
千里一色是农家
生命之犟若黄蒿
今冬干萎蓄日月
止为明岁报春早

海之南

碧波荡漾听椰风
青草白沙绿针松
人间天堂海之南
流连忘返不觉冬

草原美

彩云簇簇随风涌
墨绘蓝天织画屏
一碧万里作青毯
难拒花香掬一捧

草原月色

大漠苍苍落星繁
皓月茫茫似银盘
风来仲夏吹寒意
徒涌相思忽黯然

草原驻雨

风拂雨去草根香
浅池青荷嬉鸳鸯
墅雅小桥连农家
蓝天锦云织夕阳

舟山赞

岛岛桥桥连
青翠淹舟山
好梦涛声惊
窗外渔家船

蒙古还

桑拿七月天
美人蒙古还
一路风尘仆
未歇酬约连
虽是女儿身
豪迈羞夫男
愈思愈心痛
今夜亲玉颌

龙井茶

西湖有龙井
采撷在清明
芽嫩比处子
尖尖三两奉

暮泊杭州

风柔轻轻拂天堂
雾里袅袅隐农庄
烟花三月江南走
终牵相思游苏杭

过钱塘江

天下杭州美
心随幸福飞
何时别旧地
弹指过五岁
还是那抹风
相爱拥苍翠
钱塘江上舟
雾里浸春水
昨岸许仙居
织纱做闺围
前世白娘子
嫁我忙做炊

祭苏小小

湖光山色醉翡翠
慕才亭台青柳垂
西冷瘦桥美西子
前朝小小香塚睡

雨后京华

水雾腾腾傍晚灯
车马缓缓接水龙
高厦隐隐织幻纱
彩光闪闪缀宇琼

煮茶

煮茶论国情
何如听你声
常恍似侬来
才知是心境

向往

捧书伴筝山水间
沏茗砚墨画玉颜
闲来轻缠青丝柔
一生一爱归田园

染墨

纤纤玉手弄墨香
龙飞凤舞绘书堂
顾眉流韵溢清雅
抬臂粉黛笑袖装

茶韵

恩爱两鸳鸯
捧书在佛堂
挥墨留情思
啧啧品茶香

书赠

才高志大瘦尚燕
自古立业途多难
凤凰一朝褪黄嘴
定能挣下半边天

煮茶

道是无心言
虔者跪佛前
治国承儒家
唯茶煮清梵

四字令

香睡竿阳
犹梦残妆
慵懒午过恋床
有蚊饱在墙
礼佛匆忙
慌乱折香
书房小榻捧书郎
觉饿茶已凉

垂钓

垂柳依依水底摇
潭中白云天上飘
两岸钓客不知时
忽听看者惊叫好

宿佛心

高山流水树荫荫
伯乐扶琴觅寻人
子期何故巡知礼
笑道是己宿佛心

残书香

丝丝情深聚梦乡
侬又关门独梳妆
此心专属无旁骛
愿捧残书伴闺房
闲暇撩筝听清音
不求丝竹污耳旁
天造地设鸳鸯侣
缠绵隽永把爱长

伴读

挑灯捧书夜馨融
侬敲夫背当女红
字里行间绵绵意
情不自禁扯来拥

书香

常想妇夫写书香
依抚筝悠我歌朗
千金万银不足羡
只求同心伴我旁

释爱

风偷书香惊藕池
雨打蕉叶淋情诗
牵念无语谁人解
千丝万缕织相思

风筝

白云团团飘
天蓝根根摇
老少放风筝
乱舞似飞鸟

虔佛谣

阿弥陀佛声声唤，
焚香闭目勤参禅，
南无阿弥陀佛，
只想听到你曾颂过的真言。
阿弥陀佛天天唤，
经筒轻摇心释然，
南无阿弥陀佛，
只想感觉你曾触过的指尖。
阿弥陀佛年年唤，
扑地长头朝圣愿。
不为觐见，一心向佛，
只想感受你曾拜过的温暖，
阿弥陀佛世世传，
不祈转世奉西天，
不求轮回大慈大悲，
只想感受你曾注目过的空间。

清梵

始自厚土大中原
躬耕京华爱书田
窗外春虫歌相思
信手拈诗自清凡

求佛

又跪佛，
相思浓浓睡不着，
睡不着。
阿弥陀佛。
几天缠绵温馨多，
不贪过程求结果，
略表心迹，
阿弥陀佛。

佛香燃心

春光明媚晨最美
佛香一夜燃心遂
痴心已然异国去
情不自禁魂去追

仰青果

高山流水清
徘徊情融境
举头仰青果
双双喜鹊鸣

读书思

高山流水沐清风
细雨霏霏扯思情
刚翻昨日共读书
字里行间是绕萦

书惊风

月静凝长空
落落阶上星
心楚谁知意
偶听书惊风

钓鱼

垂柳水中萦
一岸钓鱼翁
小漂才点水
难耐把鱼轰

青果枝坠

高山流水盈清秋
风摇叶戏和水流
青果枝坠频低腰
缘起一夏相思由

青果

高山流水雨化烟
昨日景色今眼前
不问瘦竹和青果
唯心情深更泛滥

七言绝句

亿万精灵天上撒
舞到凡间化成纱
侬言雪中赏梅开
不知一枝已在家

用心栽

百媚娇花一夜开
清风扯香透窗来
疑粉恰似伊人静
兰香洁雅溢琼台
风情万种也妩媚
千姿富华饰书斋
凭栏常嗟相思苦
惟祈年年用心栽

偷莲

又是浅秋不出伏
荷花老去留叶孤
为解馋妇偷莲蓬
茎折子落没口福

麦田

千树万树唤春绿
堆堆桃红青里挤
故土溢香嗅飘醉
垄上顽童演军习

农家乐记

谁家女子在锄草
身旁男人在垄上
喘吁娇儿扑蝶舞
沟边跑了吃奶羊
女子起身回眸望
男人递巾抚汗淌
娇儿空手要撒泼
羊儿咦咦寻亲娘
也许他们常拌嘴
是否吵闹为油盐
可能女嗔男笑哄
最真舐耳两手牵
人间仙境何处寻
世外桃源在眼前
田园风光无限好
幸福生活最平常

天地有悟

时来运转云在天
阴平阳秘动为前
天人一体恰万物
书中自若笑坤乾

青坡

晨起雨滂沱
午后接荆拙
一路景色美
游人赏青坡
农家挥锄乐
夏熟也采割
三两小光头
无忧戏阡陌
清风荡青果
青穗引鸟啄
江山无限美
何不放高歌

硕果

清空一鹤排云上
便引诗情到碧霄
又是岁华秋实果
千树万枝竟弯腰

忆江南

东边湖
雪稠没大干
青点素夜天上客
江山易容一夜间
轻雪舞尘凡

悟

柳青垂浅绿
草茁缀花衣
蝶舞不觉景
叶黄知秋意
偶有鸣蝉唱
大雁南归时
卿侬身在外
天凉可添衣
人生本苦短
行步莫太急
闲来读诸子
兴至揽娇依

如画

阳光明媚照碧波
鸥翔晴空礁上落
昨夜风狂雾云散
渔家偶闲扁舟卧

沧海观感

潮退海平碎浪涌
碧波荡漾若繁星
渔家归港舟横卧
鸥翔雾薄三两声
恒古不变一汪洋
流逝多少春秋冬
滩上顽童不知愁
弹指过溪白头翁
历数古今煮清茶
唯敬三国玄德公
荣华富贵不堪比
心安理得沐清风

自悟

躬耕厚土在中原
辍学犹梦忆童年
也曾戎马拾文笔
而今皇城奉帝缘
谦和诚朴是家训
礼仪书德不敢闲
自诩经伦冠天下
风流不羁为红颜

思

小别犹牵肠
不敢言相思
掐指数颜影
煎熬唯心知

弹指四十载

最美是田园
炎夏蝉唱晚
苍翠掩农家
一顷青苗染
雨后飘泥香
彩虹半边天
光丝织祥云
极目地平线
故乡景如画
泼墨缀江山
而今鬓斑白
也曾顽少年
多少相思苦
梦里最揪牵
弹指四十载
成败何堪言

春雪

雪白落落融春浅
洋洋洒洒不见天
吻地轻轻化作水
偶有顽皮一两片

早寒有怀

踏雪吻别艳阳洒
余温丝丝绕香榻
似睡半醒犹春梦
万般遐想化作她

咏春

艳阳万丈林梢染
昨夜春水洗江山
池畔柳黄泛青芽
半坡迎春花几点

春浅傍京郊

雾幕薄薄绕夕洒
风摇枝枯归乌鸦
偶有草黄吐青色
炊烟袅袅画农家

夜游花林

风摇绿树几千重
丁香花浓醉鸟声
携腰斯耳醉弯月
霓虹灯下恋语轻

忆江南

浅春美
一片艳阳天
风来徐徐相思语
日丽洒落爱情甜
乐听伊人言

踏莎行·春思

晨光透帘，
春呼绿唤，
都似西梵筝韵牵。
音律吹落柳杨絮，
似雪乱吻行人脸。
草丛狗嬉，
枝头鹊撵，
景媚难挡和你相见。
一夜思念梦醒来，
爱意更深相思漫。

春早

春早偶泛青
枝枯得暖风
小别才两日
相思三万乘

踏青

又值清明晨起早
携侬踏青赏春郊
湖潋鱼红花香径
桃粉李白显妖娆

垄上行

烟雨丝丝锁春郊
晨炊袅袅农家早
碧野有耕阡陌上
偶有犬吠垄上跃

一春相思

一春相思无尽头
彻夜娓娓说不休
止怕觉醒人不在
紧拥过犹泪偷流

初春

春破冬解苏万物
孤灯佛前相思笃
隔寒看树风中摇
夜阑对影却显疏
芸芸大千谁解我
情真意切语难如
正月星辰若我志
捧书不顾心难舒

春

风和日丽踏春早
红男绿女显妖娆
清风摆柳芽尖尖
梨花堆堆风中笑

桃蕾叹怨

柳垂青青青几许
昨夜风和开花枝
桃蕾叹怨映山早
急比一树杏粉姿

折柳嬉春

又是一夜春风狂
吹开万树现绿裳
溪边谁家顽童淘
折柳做冠嬉迷藏

春雨

细雨霏霏绕春愁
千里江山墨染透
清风徐来揉池水
半岸入水半岸皱

三一五

又到浅春风作剪
黄柳轻摇吐绿尖
缕缕扯扯绕相思
春夏秋冬缠五年

爱遐

正月年浓花炮稀
昨夜早抱美人憩
到晌缠绵浅香吻
真爱愈近愈相思

春述

池漾活春水
叶放绽绿裳
杨絮似飞雪
吻乱情人妆
风来笑桃花
簇簇摇张狂
柳柔可做环
不堪嫩叶黄
青青处子吟
唯有桐卉唱
满园关不住
出墙最丁香

赏花思春

桃花簇簇争粉面
晨露滴滴瓣上粘
还是去年那抹风
习习轻拂爱今年

情牵三月

不觉已春浅
柳条吐芽尖
咋暖还寒风
柔轻已吻面
想我青丝系
牵情渐三年
多少幸福烙
愈深愈自然

荡絮

春浓不及爱
才聚又分开
荡絮起地舞
乱我思情怀

夏至

窗外雾袅绕千峰
一缕霞照群山青
花开时节醉相思
夏至凉凉丽影重

雨润大地

相思风雨急
雷响作奏曲
云开艳阳照
青青草尖滴

蝉说

蝉鸣数几只
炎炎织成曲
谁解腹中意
此夏最相思

夏牵

一腔相思熬浅秋
夏深牵挂挥汗流
夜籁群星窃情语
飞下一颗添我愁

六月行车

雨细灯朦六月天
人行匆匆车唱晚
轻思伊人夜弄影
雾袅婀娜现眼前

雨落大地雷惊人

大雨倾盆洒
卷地溅飞花
风来如波涌
树摇欲倒下
电闪刺苍穹
雷轰破天刹
乱云舞大地
寰宇黑幕压
牵我娇侬手
此时可归家

长夏悠悠

昨夜相思又无眠
今晨煮茶哈欠连
庸人自扰自多情
长夏悠悠又一天

无题

夏日炎炎不知头
才却盼凉秋
半树夕照
两窗成荫
一抹淡愁
花浓风清又岁中
又觉轻思羞
你是洒脱
我且无助
她却要留

采夏

采夏在三伏
汗涌如喷出
手把青樵叶
做扇又当书

雷雨夜

天河又决口
电闪沉雷吼
大雨淹子夜
顷刻浇千愁
可怜侬家弱
怎堪孤泪流
我心思玉颜
康泰再祈求

夏凉

夏凉清清轻几许
独倚窗秉思云雨
语软醉耳刚弄丝
不现娇容媚欲滴

夜澜·夏浓

夜澜有心牵
相思袅袅燃
月下叶婆娑
才知花未眠

夏浓相思多
霞光洒万丈
雨后闻花香
京华黄昏美
徐风送清凉
草茁泛绿爱
青果枝上双
夏浓多相思
想抑却疯长

相思夏

细雨如丝飘
青树随风摇
若非汗沾衣
疑是浅秋到
炎炎相思夏
江山纱雾袅

月弯

月弯两尖尖
牛郎织女牵
寂寥天际隔
唯我知心酸

秋凉

花去无留意
秋菊几度黄
天高谁和寡
悠悠度浅凉

两地思

千里相思万分牵
一半南国一边寒
浓浓思念无言白
唯祈苏杭是暖天

雨中悟语

雷鸣天籁风云助
草木盛宴俭奢昨
贫富还贵在人心
静以修身俭养乐
苍穹广博集慧言
何以为乐自追索

说秋

秋风长涨渐冬凉
万木枯瘦弃叶黄
再嘱好美小可爱
天凉莫忘添衣裳

秋韵

秋色如烟入画绵
犹现瑶池静心莲
难得京华八月雾
合心修真为洗凡

西山秋早

太无情，
不与秋风共，
触景不觉叶飘落，
萧剎阡陌万里晴，
气高舜长空，
金晖映，
香山枫叶红，
赏叶闲者煮秋意，
三两安步代车乘，
小概怜心情。

回悟

秋高看九天
果硕又一年
回首身后事
稍悟皆欢颜

中秋

夏长秋刚涉
又到浓八月
那年中秋圆
洞房花烛夜

秋月圆

玉宇浩渺月最明
银汉寥落烁繁星
多少轮回入情门
相思无度几相逢
今世修得枕白首
恩爱知心沐清风
晶露催寒双归雁
携侬圆夜拜秋仲

晚景

又见浓炊袅袅起
日落尽头归鸦唏
薄雾成纱绕枯树
白山黑水天地依

秋日情

昨夜幽清凉
风轻悄推窗
相思几徘徊
每每皆断肠
秋月透帘照
笑我辗皱床
犹觉梦中人
雀嬉日已晌

秋日情思

雨疏轻叩昨夜窗
风摇一地落叶黄
秋浓殇怀添相思
最牵伊人秀天凉

仲月释怀二

仲月涤冷席
寞落谁人汲
再不言相思
满目皆菩提
天凉好个秋
月上柳梢头
寞寞听花语
浅愁无缘由

秋雨霏霏

仲月雨绵绵
行匆飘花伞
风凉摇苍翠
水墨江山梁

十五

十五月亮十六圆
节后月饼更香甜
昨夜仲月被我偷
今霄送你任把玩

仲月十五祭

仲夜未团圆
月隐泪潸然
可怜游子寞
栈房独品酸
同是天涯客
东西城各边
轻语对寂寞
青丝柔指缠
阡陌红尘路
而今难适愿
空负一倾真
何时拥玉颜

秋日私语

竹青冬浅晚霞红
湖边寒鸦四五声
霜后彤叶染碧波
只惜影单听暮钟
相思尽在京华冷
风柔犹若轻语嘤
轻问去年窗下柳
小别昨岁可多情

落雪

雪落绒绒勾相思
掐指静静等来日
窗外美景无心赏
课堂神走想娇侬

秋日早晨

阳光明媚浅秋早
草露青青映日娇
晨静鸟嬉三两只
清风忽来飞云霄

中秋快乐

中庭闲赏月
秋菊几度香
快意品秋实
乐见好风光

垂白头

万里山河落雪稠
纷纷扬扬晨不休
银装素裹扮江山
千树万树垂白头

鸳鸯嘻寒冬

半湖雪雨半湖风
青枝白叶荡冰凌
茫茫漫漫湖波微
竟是鸳鸯嘻寒冬

共冬风

三九天寒乡情融
时时思绪不其中
大鹏载我娇侬翔
我心与尔共冬风

西山雪早

窗外群山披白纱
晴天雪后万里霞
春浅未到花枝瘦
佛前青叶敬大雅

京雪

情雨丝丝雪落落
漫天茫茫地陌陌
京华不眠穿白裳
去年迎雪温泉过

雪上戏少年

风凛雪漠
半树皑皑半树青
地冻天寒
江南腊月天
谁不知愁
雪上戏少年
好贪玩
把树摇雪
雪坠袭同伴

正月寒天

万树枯摇列道旁
行人熙熙沐春光
咋暖还寒正月天
京华郊外偶见霜

一夜雪

一夜相思入清梦
天南地北总关情
晨来有赏窗白雪
雪里多少爱意拥

傍雪遐想

洗尽铅华换银装
初春寒柔雪衣裳
斜卧相思梅下枝
莲步盈盈偷月光

过年

温婉慵躺不入眠
闲搂枕香思洗凡
又是孤独半轮月
万家灯火盼月圆

年关

邻人行匆匆
天早忙路行
路边背囊者
都似家乡翁

喜联

曾拱桑陌千垄金
今叩贵门送财神
横批：金猪闹春

踏青

艳阳千许涤轻絮
风洵花香舞汀芷
柔牵情思踏青草
愈是对面醉迷离

细雨天

半城云锦半城雨
一径残花掩香泥
风来丝水扯苍翠
绿萝幽幽重几许

晨美

草香蝶恋花
卉艳蜂戏葩
春浓偶起早
满目已繁夏

追鸳鸯

一夜南柯到端阳
梦里相思泪湿裳
又想童年河边事
双双下水追鸳鸯

大雨

天河决口泄人间
雷吼电闪齐助澜
风卷地暗三尺水
树倒枝折汪洋淹

平淡心静

两情相悦用心苦
一生约定曾祈佛
平淡心静多恩爱
执手携老任评说

笑痴

风起云涌曾几时
闲适冷暖几人知
孤芳群赏蜂多嫣
蔽落灰尘独笑痴

痴心不改

众佛贺岁语烁金
君思静心梦容音
几时捧书言情语
曲径通幽合是心
笑谈有情不浓妆
痴心不改痴心人

观音手

葱白玉指高低依
五子登科甲连弟
肤细哪如男人般
天生富贵观音指

堵车

炎炎天带风
车堵蠕长龙
想我爱人俏
犹觉相思浓

愿望

夜深读书忙偷闲
自省人性多贪婪
失得轻重宜舒缓
散聚去留心洗凡
笑道你晓我真爱
心跳就在不可言
观音常顾来送子
甜蜜家庭比神仙

而立之思

岁过而立始如意
恩爱甜蜜喜得女
今生随愿执子手
来世还要再找你

窈窕淑女

唯齐有女多娴淑
清雅达理又知书
一朝嫁得中原儿
相夫教子又宏图

笑想

无心读书总走神
莫名其妙又乱魂
明明一句子乎者
变却阿娜心上人

相思天涯

又是落寞为相思
寝食不香焉合合
天下思念共三分
二分九九我独居
与尔相逢曾相识
未曾相知已相思
前朝青丝系明皇
我比恩爱两不移
感恩娇侬今生伴
何必伊人闹喊喊

知足

恃才自傲而立前
不知仙女落人间
也曾游戏嬉风月
叩拜上天遇洗凡

度假

仲秋度假海之南
听涛踏浪赏月圆
卧榻之地鸳鸯嬉
又是洞房人不眠

一袭相思

千里求学江之南
四海学子共把欢
阔谈五湖醉大酒
一袭相思不觉寒

心锁

此心从识已专属
明白可查除海枯
恩爱今生祈来世
闲暇厮鬓茶书竹

一元相思

一元相思跪佛前
腾烟袅袅心香燃
岁辞除夕始初一
唯祈观音佑洗凡

广寒幽幽

风清露浓奉天凉
一心一意思花娘
夜深凝注关外月
广寒宫殿幽幽怅

意乱

忽怨长夏炎暑
又觉秋近情疏
那一袭风摇
现青桃
托腮想卿嗔我
源起离久铸错
草几字意乱
墨滴溅

盼红

昨夜有女憔
缘起红迟到
半夜有访客
神彩飞扬笑

妙

煮茶春月夜
老友醉酒惬
阔谈红妆媚
羡我知已悦
窃喜不觉困
逼我真相说
托腮显倩影
相思无妙诀

心鉴

一掬青苗在花间
两蝶相嬉逐尘凡
虽垢一夏秋便殇
梁祝蚕成我心鉴

真爱多

昔日年少总多情
岁过而立犹思空
真爱忽如春风拂
幸福丝丝沁心灵

牵挂

雨小粒粒急落窗
风中枝摇叶乱墙
娇侬省亲千里外
真心祈祷故乡凉

四字令——假游

今日端阳，军旅放假，
慵懒午过恋床，有蚊饱在帐。
长春独游，几燃心香，
关外学子凄凉，羡行人成双。
静月深潭，南湖柳畔，
夕阳寂落岱山，独徊图书馆。
心结万般，唯书可遣，
昔日月下花前，想斩去太难。
字里行间，美人江山，
无人解释黯然？儿女情长关。
罢了罢了，归营号传，
徒有相思万千，狂笑别昨天。

长恨歌

端午祭屈原，才解君心酸，
一腔报国志，不懂是红颜；
想我六尺儿，情痴泪洗面，
常忆京华冷，相爱中学园；
尔本多才艺，明眸青丝染，
一见已倾心，此生永相伴；
生活本无奈，郎庸显平凡，
梦想驭战鹰，振翅九重天；
为寻真情痴，女儿随出关，
惹我立长誓，专心用情拴；
军旅多寂寞，唯有相思甜，
而今爱人去，泣血默祝愿；
试问大丈夫，古今几儿男？
再嘱请走好，无语空怆然！
从此不言爱，再不夜失眠，
纵横无牵挂，马革裹尸还！

恩情

太久未曾鸡唱醒
故乡一觉过五更
最暖不过老娘手
家父蹒跚扫堂厅
昨夜跪洗双亲脚
相视无语眸泪汀
纵失万贯和高官
愿换高堂不老经

柳禅叙

北方有美人　自诩名禅风
玉腕托香腮　小禅是爱称
明眸镶善睐　高雅嘤语轻
知书又达礼　琴棋书画通
漂洋求真识　中医集大成
闲来尝百草　淑女美味烹
兴至绘江山　庭上奉香茗
倚榻言四书　堂下读五经
偶尔也疯狂　驾撵去兜风
一朝侍天子　巧指绣花红
本是天上仙　凡间来偷情

说梦

昨夜纷思又梦游
五湖四海天地走
晨醒犹记关乎爱
点滴幕幕是结昝

无题

青山依旧笑风霜
日月从始照苍穹
痴人不知相思短
无事生非瞎猜宏

课堂

思念太久心觉病
课堂神走难集中
静心静思静中痴
相思一颗飞京城

贺国庆

祝贺母亲六十诞
你我举杯共把欢
国富民强逢盛世
庆典高歌唱开颜
仲月气高盈国硕
秋实山河举头圆
愉悦之余添相思
快马扬鞭送洗凡

买栗

亭亭玉立迎寒冬
鹤立鸡群领长龙
止为馋籽好一口
管它东南西北风

买栗

风中玉人立
排队余香栗
不是尔太馋
只为家中席
大年孝高堂
初一爹娘喜
虽为小女子
顶天尽礼祺

高球

青青草儿盛
白球飞轻风
晨静鸟啄嬉
露浓瘦花影

打球

打球起五更
冬穿夏时衣
南国无眠夜
只缘相思起

戏词

家有倔侬叫洗凡
一天不训就飘然
还有外号叫犟驴
到了床上用力管

陪读有感

陪读朗朗过子夜
灯明秋风摇窗月
膝下虽顽也乖巧
又思红颜惹心结

渔公渔婆

花园桥下访渔公
渔婆庭里奉美羹
对面佳人是最爱
又是痴凝笑盈盈

秀吃

俏唇品辣汤
玉臂无衣裳
旁若无人顾
美人秀吃相

无题

圆圆一织纺
美女戴项上
洋文谐音译
伊笑我流氓

丽装行

丽装配美人
且柔且精神
婀娜飘高贵
一路回首魂

生活小曲

娇侬一怒发冲冠
只因拙君太贪玩
其实相思总萦心
晚上跪戒听训言

京城水墨画

水雾蒙蒙没路前
又逢京伏连雨天
本是千花烂漫季
天地一色水墨染
行人匆匆不暇景
情人窃语树下站
幸有侬柔驾慢车
温馨悠悠到傍晚

误读

夜半来讯息
惹我心窃喜
内容有誓言
无悔做伊人
可喜　可喜
今晌再细读
作者变了意
轻诺又寡信
原是怨我的
可气　可气

陪床情景

浅秋不见凉
爱人却染恙
玉体侥未高
俏脸偶泛黄
手背绕炙针
黑丝批肩上
秀发显零乱
破西米裙妆
可恶一公蚊
趁机来吻香
还有红趾顽
灯下戏阳刚

秀吃

贝齿轻嚼秀吃香
双臂裸挑品辣汤
意犹未尽水当酒
馋舌长嘘油唇光

秀吃

撸袖嘘嘘不顾妆
筷扯根根麻辣香
天生一对馋美人
油唇啧啧秀吃相

麻辣诱惑

麻辣香锅烫
劫后豆芽黄
可怜灯笼椒
轻嚼油唇凉
捡尽盆中肴
美人香汗淌
碗底无白饭
妹妹钵中抢
意犹且未尽
醪糟当干粮
人瘦肚太饱
逃路也仓惶

馋态小记

津津有味嚼香锅
狼吞虎咽饭两钵
意犹未尽秀吃相
汗流夹背把衣脱

麻辣香锅

又是香锅大如盆
麻辣四溢勾馋魂
本是齐鲁端庄女
狼吞虎咽若无人

铁板烧

铁板滋滋溅白烟
香气四溢伊人馋
虾红菜青白豆芽
边吁边嚼烫着咽

麻辣香

又吃麻辣香
锅里挑食忙
大意溅油珠
笑嗔染衣裳

铁板烧

油滴溅铁板
滋味冒香烟
展艺胖大厨
熟练玩钢铲
肉酥真可口
兴来盐瓶翻
淑女捋了袖
未尽饮料添
刀叉筷并用
二次把菜点
意犹才起兴
忽见师傅换
又是案子功
笑看伊解馋

出恭

心急火燎进了宫
稀里哗啦泄了洪
忽忽通通舒口气
若隐若现似蛟龙

第四部分 爱与哀愁

落日思乡

人语落日始天涯
望尽天涯可归家
金晖时节暮雨疏
方悟书卷香清茶

思乡

月明遮星耀众生
徐徐墨草舞盈盈
乡土乡情人心暖
礼义韬慧中华源
乌雅反哺博人敬
羔羊跪乳泣天情
今夜佳肴觥筹措
莫忘孝慈人本性

春虫歌相思

吾乃胸怀四方志
广纳贤友听箴言
父母恩情想不尽
谨祝爱人家团圆
窗外春虫歌相思
信手拈诗赠洗凡

别离

一

离别千般愁
欲泪却笑首
长凝双亲影
迟迟心难收

二

离别千般愁儿心
欲泪却笑首湿巾
长凝双亲影远走
迟迟心难收情深

别家

离家心怆然
强欢泪洗面
回首眺亲影
高堂步蹒跚
恨己不分身
跪聆白发言

扫墓归

柳绿风摇送心潇
几吼车留
更招落寞到
日暮雾旖
再怕高堂憔
故乡好
斟酌重到
陌上生春草

重阳

秋高三万里
气爽犹可汲
艳阳照穹凉
落叶片片疾
风清扑冷面
乱撩行人衣
人生太匆忙
重阳是昨日

汶川地震

天动地摇千层陷
风起水堵万石掀
啕声凄凄亲人去
泪水涟涟家园残
京城赈令道道急
神州巴蜀纷纷先
铁马金戈壮山河
灾魔未平誓不还

感悟

英雄已逝千百年
今朝故地壁恒残
春华秋实风依旧
只见新塚伴青山

游子吟

那年仲月奔故乡
今岁又见树叶黄
双亲翘首盼子归
秋浓又嘱添衣裳

家

秋高气爽艳阳天
相思浓浓弥中原
愈远愈揪一腔情
高堂膝下想洗凡

清明到

烟雨蒙蒙泛春寒
最是多情相思天
缘是清明节快到
黯然幽幽叠纸钱

大爱无言

又赏柳絮舞媚娇
初识筝音当耳绕
相思无言凝大爱
韵出华章盖寂寥

腊八

京华凛列不夜天
车水马龙不知寒
华灯初绽流溢彩
腊月初八赛大年
行人匆匆疾步迈
风来又扬沙屑卷
柳条起舞枯叶飞
桥下民工实可怜

千年一爱

等爱苦心凄
恰识梦中你
逊我梁祝爱
千年一相思

寞思

风萧萧　雨落落
一路哀伤一路默
雨打车挡溅离别
风摇绿叶惆怅多

灰墙印

窗外拂晓月
勾起相思梦
蓦然想爱人
灰墙印孤影

心洗

金膝一跪祈百年
又惹痴人泪连连
恩爱白头千年约
誓取千志心去凡

思念

夜深惊醒无困意
寻由才知香枕湿
梦境追情留不住
才怨此地皆相思

细雨相思

雨柔丝丝远似烟
雾里吞雾没千山
路人匆匆驻足寻
京华伏月犹江南
树静幽幽等风约
相思绵绵难入禅
远天恍若飘仙影
又是小梵入心帘

忽惆怅

抱枕听余香
思念忽惆怅
今晨才小别
相思却断肠

冷秋圪

眺海夜阑珊
冷秋风漫卷
股股相思浓
辗转圪小凡

思

冷风卷秋黄叶乱
弥漫尘惹思相连
想爱人彻夜不睡
等回家一刻千年

相思涨

薄雾丝织绕夕阳
枯叶片片知冬凉
天儿双翔大鸟鸣
更揪学子相思涨

牵夫肠

独侧空榻凝微光
抚枕回味意犹怅
本意早归厮香耳
却因侬乏牵吞肠

等

春光扯醒相思梦
晨曦缕缕煮心疼
暮然故乡入泪眸
白发翘首把儿迎
丙戌三月二十六日
于豫 扫墓途中

释怀

夜深人未静，
仰佛席地，
细想与你相识、相知、相恋、相爱。
其识也巧，
其知也快，
其恋也甜，
其爱也真。
与佛相视而笑，
忽然释怀，
请佛保佑凡儿出行平安。

暂别

侬忙欲劳君且去
未曾出门想归期
虽怨爱浓聚时短
至亲些疏是夫侬

祈佛

一夜心牵祈佛前
无眠霜冷想红颜
袅香佛光迎晨曦
阿弥陀佛佑小凡

小别

小别刚缠绵
回味意悠然
股股相思涌
心爽无凉天

相见

望眼欲穿终相见
相拥亲昵缠绵言
一夜云雨慰心疼
刚分几刻又生怨

秋伤

日暮渐秋蝉鸣稀
百草园里落花泥
青果坠枝迎风摇
一捧牵挂落心里

难入眠

相思又有孤灯染
辗转无奈清风伴
原祈挚爱久安康
却想难眠无悔怨

采桑子·一入情门无奈何

秋凉夜快向佛静
一袭落寞
思绪几多
百转哀肠如当初
又是孤灯无倦意
诚心向佛
难解心所
一入情门无奈何

无情风

小别无奈何
相思陡涌多
一天无情风
乱舞扯憔我

万言难表

雨稠疏灯淋
叶摇难静心
一时感慨起
万言难表云

长夜呕心

真情切切命相连
劳燕南北皆无眠
长夜呕心唤千遍
恨不插翅飞团圆

鄂地之想

冬霭深深没远山
黯然销魂又一天
落落心寞总无奈
爱到浓时把情牵

相思漫

相思密密相思漫
一天两天八九天
天天想你天天等
彻夜不眠彻夜盼

生怨

又是一天暮晚晴
犹责午别太匆匆
下晌未听侬嗔娇
心涌相思肃面容

七夕

夜霭星疏七夕节
思念浓浓犹悲切
凝首数尽天上星
忽闪孤独似或缺

祈祷

合心品佛
红尘阡陌
须弥到顶
祥云天漠
我祈祷——
来世洗凡
得菩提琢
身如琉璃
内外明澈
静元瑕秽
阿弥陀佛

唯有相思和春月

又到大年花灯节
可记相识那场雪
莲池冰融烟火影
唯有相思和春月

明月代君愁

日日辛劳容细数
双眉频频聚
常见话间人无语
未怨未恨未弃易未诉
悔我平日爱生怨
此时多惦念
全因侬事惹君愁
恳求明月代我君前一低头

一生爱

相思如叶知秋寒
飘零片片落心间
历经春华度夏暑
此生真情永洗凡

年别有感

昨夜缠绵未尽欢
将别潸然苦难言
强颜离身吻晶泪
落流阡陌相思田

相思无穷极

酒兴挥墨书江山
拈来月明当烛燃
布谷唱晨天已晓
意犹未尽思洗凡

大爱无言

清风消暑在三伏
花香鸟语唱日出
本是京华烂漫天
晨早叩佛禅茶煮
那年牵手背果岭
伊人消瘦挑花烛
相思无言心怅然
大爱有意落寞渡

男欢女爱

昨夜缠绵湿闺床
花开二度沐杆阳
意犹未尽戏双峰
奴家娇呼野霸王

病卧秋日

黯然怏怏美人憔
声嘶咳咳体有烧
本是天外一仙子
到了凡尘也染痨

病中

伊人染小恙
眉嗔俏脸黄
风韵显憔悴
铁椅当炙床
偶有揪心咳
美眸乱了妆
可爱翘红趾
灯下泛柔光
无语怨爱人
生来太倔强

美人别

出行约午后
车上纤指柔
一路融幸福
临别倾心留
小别添惆怅
拥吻美人香
姊娴画淡眉
侍恙不施妆
相思多眷恋
此生拥双仙
签下白头约
爱她一万年

相思

浪拍沙滩万籁静
心事寞寞数繁星
风来椰梢遮明月
相思北国去会冬

染恙

娇侬染恙来
无精又打彩
勉强用晚饭
怕了辣咸菜
南瓜小米粥
无力难释怀
憔悴实可怜
起身眼发黑

寂寞异国夜

朝夕懵懂在异国
万千思念掐指数
此昼彼夜两重天
喧嚣过去是寂寞

相思

绿草碧水花尖红
岭南正月蕉叶青
景色烂漫无心赏
相思袭来揪心疼

相思

梦醒四五更
辗转到天明
又勾风和月
相思几千重

思春

梦轻不知春晨早
依稀枕上洒丝绕
黯然醒来皆牵念
不记相思是多少

相思

音容俏现惹怅然
又思双双背侬软
本是草尖泛春遂
桃花簇簇吹红面

送夫

兴高采烈送憨夫
一路欢歌忆当初
誓言止闻家务事
相亲教子读四书

梦境

嚎啕飞树梢
不堪半空绕
泪洒地上雨
分手魂出窍
侬言有新欢
扯断信物抛
此梦实可恨
害我又起早

第五部分

乱红飞过秋千去

真依

面无端容
目无定睛
一言未合
兵刃相向
登高而歌
弃衣而去
打人毁物
不避亲疏

面无端容桃花绽
目无定睛捕风含
一言未合为琴瑟
兵刃相向驱鞑蛮
登高而歌谢天幕
弃衣而去显悠然
打人毁物示本色
不避亲疏真洗凡

藏头诗

李花白干树
和谐映西都
心香识洗凡
爱浓漫心楚
沉思痴情缘
敬佛茶禅书

藏头诗

合美洋节海外泊
心灵同喜共欢过
恭敬耶稣济世来
祝福亲朋皆向佛
圣贤善念本一流
诞辰吉祥何其多
安顺幸福如君愿
康寿平安天神诺

藏头藏尾诗

新年伊始金开元
年年岁岁在一旦
快马携如颂寿康
乐章和美家平安

八相思

一相思，相思绵绵无尽期；
二相思，相思浓浓只唯一；
三相思，相思纯纯却如蜜；
四相思，相思层层皆思绪；
五相思，相思深深把心理；
六相思，相思静静飞千里；
七相思，相思甜甜为娇侬；
八相思，相思苦苦用心祈。

槐花问

槐儿花娘：小凡说你很漂亮，
星星点点披白裳，
叶绿翩翩做嫁妆。
小凡的郎：她可知我和叶一样，
漫漫长冬也凄凉。
槐儿花娘：小凡说你好清香，
漫透心扉引蝶舞，
似向情人诉衷肠。
小凡的郎：我也有爱多相思，
花香四溢为情伤。
槐儿花娘：小凡说你不张扬，
漫山遍野随风长，
三三两两在路旁。
小凡的郎：我常被蜜蜂把心伤，
用我的泪水把蜜酿。
槐儿花娘：小凡想为你歌唱，
花娘弹琴夜伴舞，
借你的端庄会情郎。
小凡的郎：那是她有了意中人，
着急给你做新娘。
槐儿花娘：花娘随着风儿舞，
蜂儿迎着花娘香，
叶绿翩翩来做媒，
蝴蝶飞飞做伴娘。
小凡的郎：快快铺就红地毯，
牵着凡儿做新娘，
蜂送甜蜜蝶起舞，
花娘祝福百年长。
丙戌五月七日

藏头藏肚诗

金光溢彩合家欢
猪首新岁心意诠
闹鼓神州恭和谐
春华大地贺宇还
丁壮步疾猪福多
亥岁顿首年月甜
如来为你吉笑言
意气风发祥瑞年

藏名诀

合心难脱尘
遇情也动心
洗凡修岁月
此境未尽真

藏名诀

殊心与洗凡
相爱已两年
往事历历品
甘味比蜜甜

祭屈原

（端）庄直正屈子殇
（午）时魂洒尼罗江
（节）始湘楚沉水地
（佳）话千年今更煌

藏头诗

（虎）岁添福禄
（年）年展宏图
（大）道行千运
（吉）祥花成簇
（万）寿拜双亲
（事）事顺心祝
（如）火如荼业
（意）气风发路

三字歌

小贝壳，大懒虫，
爱睡觉，不洗容，
常有理，词不穷，
二百八，是别名，
属马相，出山东，
多才艺，貌惊鸿，
孝爹娘，侍在京，
神医妹，要成精，
西梵事，合心情，
真相爱，已数庚，
长相思，甜蜜涌，
今生恋，来生通，
贝齿贝，明眸中，
红唇红，青丝轻，
好爱你，溢香风。

叮嘱

夫将离家远行征
嘱侬遵道循家风
莫给红帽涂绿色
天下最好是老公

生辰赞

生辰犹贵落陈家
日照青青到芳华
快意博物琴书礼
乐得卿淑靓大雅

讽语藏

洗面对湖照
梵容犹月貌
喜气值浅秋
欢愉速心跳
吃相透聪灵
醋意讽语道

生日赞

生逢盛世无遗恨
日照清廉沐乾坤
快意再启童子梦
乐彼祁公此培文

康佑祁公

去年除夕三亚湾
老壮少顽共挥杆
今岁春节京华冷
祁公益健笑岭南
虔掌合什悟人生
烟花照影跪佛前
星夜灿烂漫思绪
轻语康佑实牵念

春节祝福

寅虎跃河迎玉兔
万象更新正月初
值此恭祝过年好
轻语送您吉祥录
尚善始春首开局
步步高节爆青竹
欢天悦愉庆岁华
淋漓畅快燃红烛

新年祝福

洗尽铅华知璞真
凡间漂游菩提尘
吾是慧眼识圣珠
侬俏娴雅比女神
过往云烟四十载
年年庆贺此良辰
大道首善拥知己
吉祥如意一家人

感恩

爆竹隆隆辞旧岁
烟花璀璨迎新春
又是一年好光景
感恩生活如蜜甜
祝福老友葆活力
亲人吉祥体康健
此时声茂蓄福禄
厚德载寿唯至善

年始

昨夜三更两岁分
大年初一始金晨
多少祝福皆如愿
玉兔同乐闹新春

年初

艳阳明媚照初一
爆竹远响回声稀
春来正月无限好
相思浓浓和燕泥

花怒狂夫

谁家悍妇今耍泼
缘起乱句在书桌
不分青红和皂白
兵刃相向踢飞脚

生日赞

生辰今贵泽齐鲁
日月同辉饱诗书
快意巾帼木兰志
乐奏兰馨比青竹

神曲落凡间（歌词集）

永远的亲

多想亲亲你的脸，多想吻吻你的腮，
多想多想抱抱你，止不住的那一刻，
我的泪珠流下来，千山万水扯不断，
青丝飘飘，温玉容颜，镜花水月般，
血脉相连，梦里轻唤，我的纠结我的爱。

多想静静听你说，多想躺躺你的怀，
多想多想陪陪你，追不回的旧时光，
我们思念难释怀，千思万想理不清，
银发落落，步履蹒跚，犹梦浮铅华，
前世今生，长夜难眠，我的牵挂我的情。

后 记

我听豫剧时看莎翁，听田园时看尼采；一生最想的就是熟练地讲英语，然后用英文的结构来写中文，用中文的感情来 perfect 英文；做个东西方文化交流的使者，可惜为了生计奔波，至今此愿未适！

我从政治的角度来思考经济政策，从经济的角度来分析政治体制；

从今日的视角去反思历史，以历史的经验来启迪未来；

我用哲学的方式来思考时尚，用时尚的眼光来丈量哲学；

我喜欢用一种不同的方式去挑战传统的事物，尝试一种不同于常人的生活方式，那种不寻常的滋味令我兴奋。

我有着苦难却快乐的童年，家境的贫寒让我感到孤寂，小学三年级辍学一年，四处拾荒和母亲的省吃俭用让我得以直接念五年级。为了缓解这种孤寂，我并没有离开热闹的人群和嬉戏的同伴，最大限度地让书籍成为我的伴侣，和书中的各式人物进行灵魂的碰撞。我理解在我懵懂孩提时爷爷让我背三字经、百家姓、千字文，用戒尺打肿我双手的苦心，跟随着孔子的礼乐诗书，跟随着 hector 的责任，跟随着凯撒的雄心，跟随着贞德对信念的忠贞，跟随着拿破仑的执着，跟随着俾斯麦的果敢和强硬，从洛伊富勒收获创新的勇气，从 Edith Hamilton 追寻 classical age 的精神，从洛克菲勒

impart 机会的把握，沉醉于李白的诗歌，兴奋于巨人传的鼓舞，惊叹于神曲的 quaint，伤感于茶花女的悽惨，他们的语言、思想和故事让我感受着这个世界，来思考我的未来……可惜这些都没阻止我中学二年级辍学。

知识完全无法满足我的欲望，特别是中学二年级的辍学，我羡慕其他同学将全部精力专注于课堂，我只能利用捡破烂，四处吆喝叫卖的闲暇时间，去探索其它学科的知识和各类不同的讯息。从我收破烂收到的历史书中学习深邃的启示，从我收破烂收的国画和围棋中修身养性，从我收到的半导体里传出的时政评论节目中我开始放眼全球，从一本翻了百遍的财经书中我开始接触经济政策及其走势，我从捡到历史书中体味各色文明，从底层弱势生活中我培养着将心比心的爱心与社会责任感，在与农民的交流中我开始深化自己的思想，在倾盆大雨中我到寺庙里避雨，偶尔倾听禅师的布道让我学会开始探索不同意识形态的特点。还有一个愿望就是学会弹钢琴，这样我就可以把我所写所记，用音乐的形式配曲添器，歌唱记录下来。我爱的人会，我也想会。

合　心

图书在版编目（CIP）数据

情路诗语 / 合心著. — 北京：文化艺术出版社，
2011.9
ISBN 978-7-5039-5199-2

Ⅰ. ①情… Ⅱ. ①合… Ⅲ. ①诗集—中国—当代
Ⅳ. ①I227

中国版本图书馆CIP数据核字（2011）第189479号

情路诗语

著　　者　合　心
责任编辑　刘晋飞
装帧设计　姚雪媛
出版发行　文化艺术出版社
地　　址　北京市东城区东四八条52号　100700
网　　址　www.whyscbs.com
电子邮箱　whysbooks@263.net
电　　话　（010）84057666　84057660（总编室）
　　　　　（010）84057696　84057698（发行部）
经　　销　新华书店
印　　刷　国英印务有限公司
版　　次　2011年10月第1版
印　　次　2011年10月第1次印刷
开　　本　710×1000 毫米　1/16
印　　张　18.5
字　　数　150千字
书　　号　ISBN　978-7-5039-5199-2
定　　价　59.00元